KB274878

그녀의 숲

그녀의 숲
윤춘영 시집

초판 인쇄 | 2009년 8월 25일
초판 발행 | 2009년 8월 30일

지은이 | 윤춘영
펴낸이 | 신현운
펴낸곳 | 연인M&B
디자인 | 이희정
기 획 | 여인화
등 록 | 2000년 3월 7일 제2-3037호
주 소 | 143-874 서울특별시 광진구 자양동 680-25호(2층)
전 화 | (02)455-3987 팩스 | (02)3437-5975
홈주소 | www.yeoninmb.co.kr
이메일 | yeonin7@hanmail.net

값 7,000원

ISBN 978-89-6253-030-8 03810

그녀의 숲

윤춘영 시집

윤춘영 시인이 두 번째 시집을 엮는다는 소식을 들으니 정말 기쁘고 반갑다. 윤 시인을 만나 시와 삶을 이야기하며 지난 지가 벌써 8년. 나는 윤 시인의 시에 대한 열정과 시를 대하는 경건한 모습에 내심 경탄을 금치 못하고 있었는데 이제 그 결실인 시집 『그녀의 숲』을 세상에 펼쳐낸다 하니 정말 경하해 마지않는다.

윤 시인의 시집은 그의 인격과 삶의 모습과 사유의 내용이 고스란히 담겨져 있다. 온후하고 원만하며 매우 균형 잡힌 그의 인품처럼 시 또한 차분하고 안정감과 품위를 유지하고 있다. 쉽게 흥분하거나 함부로 달뜨지 않고 밝고 따스하며 그러면서도 삶과 사물의 정곡을 찌르는 예리한 시안을 가지고 있다.

시는 그 시인의 인간됨의 그 이상도 이하도 아닐 터이다. 윤 시인의 사려 깊음으로 시들은 헛말을 모두 솎아내어 단아한 모습을 보이고, 윤 시인의 품도 있는 삶의 철학으로 그의 시들은 매우 완숙한 모습을 보여주고 있다.

시인으로 살아가기에 매우 어려운 나라에서 시를 끝까지 놓

지 않고 이어서 해 나가는 그 일 하나만으로도 칭찬을 아낄 수
없는데 탐구정신의 모습을 보면 고개가 숙여진다.

　　이제껏 살아온 집들을
　　한 채 한 채 그려 봅니다

　　어느 집은 뜰 안이 고왔고
　　어느 집은 지리하게 골목이 길었습니다

　　연수만큼이나 기억이 멀어
　　반짝이며 흐르는 물소리가
　　들리다 끊기다 합니다

　　하얀 도화지에
　　푸른 하늘 아래 집을 그립니다
　　주춧돌을 그리고
　　기둥 도리 들보 서까래 지붕
　　순서대로 그리고 보니
　　여백이 좁아졌습니다

시(詩)가 열린 나무를 촘촘히 그려 넣습니다.
―「그대에게 띄우는 엽서」전문

　그가 살아온 삶의 내력과 내용을 이제껏 살아온 집들을 그려 가듯이 시로 옮겨놓고 있다. 한 채 한 채의 집들이 모두 다른 구조, 다양한 모습이듯이 그의 시도 한 편 한 편이 다 다른 다양한 모습이다. 시인의 삶이 다양 다채롭듯이 이 시집 속의 시편들도 그렇다. 시에서 말했듯이 '시가 열린 나무' 그것도 아름다운 시가 가득히 열린 튼실한 나무 하나가 우리 앞에 무성하다.
　시집 상재를 다시 한 번 축하하며 제3, 제4의 시집이 연이어 나오기를 기대한다.

기축 여름, 반포우거에서

문효치(시인)

詩가 익으려면, 참 시가 태어나려면 사람 나이 60은 넘어야 한다는 말이 있습니다. 그것도 재능과 소양이 있는 위에 깊은 내면의 성찰과 고뇌, 끊임없는 애씀이 있어야 가능하다지요. 이번 윤 시인의 두 번째 시집을 접하면서 그 말이 사실임을 재삼 깨닫습니다.

삶 그 자체가 음악이며 詩인 윤춘영 선배, 그분을 대하면 바르고 밝게 산다는 게 어떤 것인가를, 화애롭게 산다는 게 어떤 것인가를, 넘치지도 모자라지도 않게 자연스럽게 산다는 것이 어떤 것인가를 새삼 생각하게 되고는 합니다.

고뇌와 고독을 속으로 삭여 삶과 시의 자양분이 되게 하는 능력은 아마도 천부적인 듯 보입니다. 성정 또한 지극히 담백하지요. 그렇지 않고서야 어떻게 이렇듯 애틋한 詩語들이 엮어지며 영혼이 맑지 않고서야 어떻게 이렇듯 깔밋한 표현들이 가능하겠습니까. 하여 윤 시인의 시들은 따뜻하면서도 깊은 울림을 읽는 이들에게 선사합니다.

음악과 시와 신앙 속에 영혼이 충만한 시인, 범사에 감사하는 겸손, 너그러운 품성으로 아름답게 사는 시인. 함께 시를 논하고 삶을 이야기하는 날들이 있어 행복합니다. 봄날의 햇살처럼 따뜻한, 섬진강 너른 물처럼 넉넉한 시인의 경지 높은 시들이 노을처럼 가슴을 물들입니다.

2009년 7월

의사 수필가 오세윤 尊奉

| 自序 |

"시의 맛은 우리를 살맛나게 하고 시의 멋은 우리를
멋진 신세계로 안내한다." 어느 시인의 말입니다.
시 앞에서 밤에는 아름다운 그림을 그렸고
낮에는 언어로 꽃을 피우기 위해 열심히 물을 주었습니다.
무상의 즐거움 그러나 고통이 수반되는 멋진 신세계에서
나이 들어가고 있습니다.

2009년 여름

윤춘영

2부 구슬 지갑의 독백

4부 인물화상경

1부 기억의 끝

1부 기억의 끝

골무

오래된 반짇고리엔
색 바랜 골무가 들어 있다

바늘에 수없이 찔린
바싹 마른 몸피
골다공증이 되어버린 속은
또, 얼마나 상했을까

검지에 끼워 본다
돋보기 쓴 어머니가 보인다

등잔불 밑에서
등 시린 삶을 한 땀 한 땀 이어가다
상한 살점
세상 구멍을 꿰매고 터진 부분을 꿰매다
박힌 아픔

그리움이 돈다
돌다 눈가에 젖는다.

탁(度)

차치리(且置履)라는 사람이
신발을 사려고 발의 본을 떴는데
장에 갈 때 그만 깜빡 두고 갔습니다

돌아와 탁(度)*을 가지고 갔을 때는
구석구석 달구던 기운은
어둠이 내려와 나른하게 찾아든 뒤였습니다

나 또한
탁(度)만을 우기던 날들이 있었습니다
신어 보지 않은 후회가
아직도 다 닳지 않아
속살 주름 속에서
꿈틀거릴 때가 있습니다.

* 탁(度) : 종이 위에 발을 올려놓고 발의 윤곽을 그린 것. 신영복의 『나무야
  나무야』 p91에 나오는 이야기를 빌려오다.

붉은 물드는 저녁

정발산 둔덕길에
모여 앉은 들꽃들
바래지도 않고 지지도 않는
녹록(綠綠)한 그리움

몸 안에 들어와 펄럭이더니

노을의 살이 점점 빠져
손톱 속에 들어와 있다가
잘려 나갔습니다

그 후
손톱에 들인 봉숭아 물도
절반쯤 빠져나갔습니다.

거위

저놈은 나만 보면
애기 보따리 털어놓느라
정신이 없다
지나가는 차들이 매연을 냅다 뿜어대
목 안이 뜨끔거린다느니
암놈 겨드랑이에 쉰내가
코끝을 어지럽힌다느니
안주인 마음에 안고 사는 칙칙한 보따리가
무거워 보인다느니
이마에 혹을 불근거리며
부리로 안팎을 헤쳐놓는
긴 사설

"아서라
혹은 멀리 교신하는 안테나다
상(傷)할라."

손금

덤불 속에
몇 갈래 좁은 길이 나 있다
꿈 하나 길을 벗어나
손가락 사이로 빠져나가고

끊어질 듯 이어지는
휘어진 길섶엔
잘디잔 그리움만 깔아놓았다

숲에는 유년의 샘물이 흐르고
시(詩)의 이슬이 반짝인다

생명줄을 타고
풀어지는 노을빛
황혼의 기운을 다해
키 돋운다.

그대에게 띄우는 엽서

이제껏 살아온 집들을
한 채 한 채 그려 봅니다

어느 집은 뜰 안이 고왔고
어느 집은 지리하게 골목이 길었습니다

연수만큼이나 기억이 멀어
반짝이며 흐르는 물소리가
들리다 끊기다 합니다

하얀 도화지에
푸른 하늘 아래 집을 그립니다
주춧돌을 그리고
기둥 도리 들보 서까래 지붕
순서대로 그리고 보니
여백이 좁아졌습니다

시(詩)가 열린 나무를 촘촘히 그려 넣습니다.

교향곡 제1번 D장조
―백발

하얀 가락이
이마 섶에서 자랍니다

가름 길을 따라
살포시 얹혀 있던 정수리에
쏴― 숲을 이룹니다

새소리 시냇물소리
안개 바람을 주워 악보에 올려놓고
불을 켭니다

1악장 알레그로 모데라토
제1바이올린 선율이 곱게 타오르고
호른의 쉰 소리 부―웅 뜨자
큰북이 호령 칩니다

어머니
저는 백발에 지휘봉을 잡았습니다.

* '새끼 백발은 쓸 때가 있어도 인생 백발은 쓸 때가 없도다'
  생전에 어머니께서 부르시던 노랫가락 가사의 일부 구절이다.

아버지의 像

—연

하늘에서 내려다보는

저 낮달을

잡아당겨

연으로 접어 띄웁니다

길게 자란 흰 수염 날리며

훈훈한 미소가

얼레에 감기어 듭니다.

동백꽃

노을보다 진한 눈물로
방울방울 달려 있는 입술

떨어진 꽃송이
그 속에 님의 얼굴

보자기에 싸온 그리움을
날마다 꺼내놓고 들여다봅니다.

한 쌍의 연(緣)

고봉산 자락 아래
느티나무 두 그루

새벽이슬 나눠 목을 적시고
달빛을 바르며
푸른 물이 든다

비 오면 비 맞고
폭풍 맞을 때면
몸과 맘 기대어 키워온 연륜

그 품에서
뻐꾸기 소리 울려 퍼지고.

늦자락에 핀 장미꽃 한 송이

26

늦여름 햇살이
종 하나 만드네

어서 종을 울려
고운 빛깔로 어서 울려 봐

돌담에 몸 기대어
몇 날을 뒤척이더니
빨간 속살을 열어 보이네

꿈속에서 키우던
오월의 소리
그 빛깔로 열어 보이네.

길

곧은 길
굽이굽이 돌아가는 길
발바닥이 뜨겁도록 걸었습니다

그 길에서 사랑도 하고
이별도 하였습니다

가문비나무에 걸어둔 꿈
세월에 삭아 묽어졌지만

몸에 물드는 노을빛이
새로운 길을 터줍니다.

언제나 스물두 살 오래비

28

가슴속, 켜켜 쌓인 마른잎을 헤적이는 바람은
언제나 시리고 무겁다

기억조차 끌어내기 힘든 그날
포연 속으로 사라진 오래비는
반세기를 넘긴 지금,
까맣게 그을린 사진 한 장으로 돌아와
동작동 현충원 위패 봉안관
무거운 정적에 둘려 있다
52—6—260 윤백영

깊게 패인 세월의 주름을
어루더듬을 때마다
푸른 숨결로 달려 나오는
언제나, 스물두 살 오래비.

휘파람 소리

머나먼 르네상스*
떠내려간 아득한 기억들
고니 한 마리가 물고온
악보를 펼친다

파랑 보자기에 싸두었던
휘파람 소리
빠르게 느리게
스타카토로 피어오른다

돋보기로 당겨온 휘파람 소리
긴 호흡으로 돌다
몸속에 향기론 집 한 채 지어놓는다.

* 르네상스 : 음악 감상실.

은빛 목소리
─박화원 선생을 추모하며

피아노에 펼쳐진 악보가
거두고 떠난 자리를
물끄러미 바라본다

악보 속에서 슬픈 가락이 흐른다
흐느끼자 이불깃도 들썩인다

신열에 부대끼다 젖은 악보는
얼룩을 그리며 번진다

되돌이표로 돌아오지 못하는
은빛 목소리.

기억의 끝

센 머리칼이 날려도
옛 골 하늘은 어둠만 짙게 탄다

침묵을 두른 긴 담 안에
돌배나무에 달린 잎사귀들

깊은 우물 말라버리고
무성한 잡초 속에
풀벌레 울음만 떠다닌다

포 소리에 밀려나온
눅눅한 추억은 점점 희미해져 가는데

피가 느리게 돌아
오므라드는 나팔꽃이
긴 담을 기어오른다.

고갯길

32

아기는 업고
손엔 짐을 들고
머리엔 임을 이고
어린아이는 치맛자락에 달고 갑니다

저렇게는 저 고개를 넘을 수 없을 거라고
생각이 들었지만
고개를 넘습니다

머리에 인 임이
점점 비뚜름해지기에
저렇게는 넘을 수 없을 거라고 생각이 들었지만
가눌 수 있는 것은
치맛자락에 달려가는
손가락의 힘이었습니다
그 손가락이
하늘에 별과 무지개를 가리킵니다.

북녘 고향의 피사체

바람과 더위에 상한
노송은
조롱조롱 어린 눈망울들을 매달고
한 줄기 빛에 의지한다

시간 시간 중압으로
허리는 휘어지고
뼈 통증은 번져 가는데

뿌리까지 내린 침묵
산 넘고 강 건너
까칠한 칠순의 가슴속에서
삭지도 아니하고

노송의 상처에선
진물이 흐르고 있다.

2부 구슬 지갑의 독백

그림

―김재임 화백의 신앙고백 전시

영혼의 색깔을 풀어놓은
간절한 기도가 걸려 있다

숲 저편 모퉁이
악의 줄에 얽힌 마른 풀더미

상흔으로 얼룩진 갈피마다
신의 눈물 적시어

어두운 기슭
황폐한 영을 갈아
씨앗 뿌려
은혜의 싹을 틔운다.

들으소서

주님!
기억의 갈피마다
봄여름 나태에 젖어 찾아다니던 물소리
그 소리, 술렁이나이다

비탈길 오를 때
주의 지팡이는 내려놓고
세상 막대기에 의지하다
걸리고 넘어진 부끄러움이
티눈처럼 박혀 아프나이다
또한 교만의 씨줄과 이기(利己)의 날줄로 짠 옷을 입고
으쓱거렸나이다

주님!
지난날 기숙했던 속된 꿈들
이제야 주님의 빛으로 말리고 있사오니
아무것도 채우지 못한 나의 빈 잔에
성령과 사랑을 채워주소서.

고난의 결실

빌라도 법정에서
예수의 샬롬과
빌라도의 팍스가 만나던 날

채찍을 맞아도
주님은 굳게 침묵하셨다

사망의 줄로 얽어맨
올무 풀어주기 위해
십자가에 달려
내리쬐는 태양열에
몸 다 말렸다

우리 몸에
붉은 피가 되어 돌고 있다.

성탄

낮은 자리에서
음계를 점점 높여
합창으로 널리 퍼지는
빛.

스승의 음성이 들린다

머언 기억 속에서
하프의 선율이 울려나온다
유채꽃밭에서 울려나온다

꽃송이 일제히 흔드는
놀라운 울림

참새들 재잘재잘대던 소리
책장 넘겨주던 소리
몸에서 떨어져 나가지 않는
그 말씀 뜰 때마다
가랑머리가 찰랑거린다

길 떠난 지 오래되어
글씨 획은 비뚤비뚤해져도
유채꽃밭에서 울려오는
하프의 선율.

시 낭송의 밤

맑고 푸른 노래가 넘쳐
호수가 되었습니다

은비늘 같은 언어들이 튀어오르며
파문을 그립니다

동그란 무늬는
오래전 사랑을 만나
피어오르는 기억들을 그려 넣습니다
스며든 음성이 떠오르자
와락 끌어안습니다

밤 깊도록 내리는 달빛이
시인들 가슴에
잘 익은 별을 달아줍니다.

구슬 지갑의 독백

―어머니 유품

42

따뜻한 손길로 길들여졌어요

도르르 말린 지폐로
몸이 불룩해지면
얼른 달려가 열었어요

아주 머언
구슬치기 하던 아이는
도르르 굴러들던 그 소리 기억하던가요?

턱이 닳도록 열고 닫아
틈은 버려졌어도
그 소리
동글동글 담겨 있어요.

서귀포의 환상

—이중섭의 그림

그는 아이들이 보고 싶어
흰 새가 되었다

복숭아를 물고 높이 날아간다
아이들이 있는 먼 바다 건너
부리 악물고
가물가물 날아간다

아이들도 새를 타고 복숭아를 딴다
그토록 그리운 따스한 날개다
수북이 들것에 넣어 어깨에 지고 간다

그리움이 출렁이는 서귀포
둥지 속 웃음소린 날아가고
목소리만 남아
날마다 그 소리 업고 허공을 난다.

소년의 첫사랑

줄포초등학교* 운동장 한켠에
작은 그네
바람이 그네를 탄다

힘껏 밀어 구름 끝에 얹었더니
갈대밭 피리소리 날아다니고
칠산바다 갯내음이 감겨드는데

'한정없는 꾀꼬리빛 햇살' 이*
긴 머리 따 내린 남숙이 치마에 매달려
하늘을 차고 오르던 사랑이
그리움인 듯
운동장 귀퉁이에
파릇파릇한 무늬로 덮혀 있다.

* 미당 서정주가 다니던 학교.
* 서정주의 자전 속의 표현을 빌면 '한정없는 꾀꼬리빛 햇살' 을 온몸에 받
  으며 남숙이와 그네를 타고 놀았다고 써 있다.

강이 흐른다
―김규동 시인

작은 몸에서
두만강*이 흐른다
잔잔한 물소리가
꽝꽝 언
얼음에 눌려 있다

털모자 눌러쓴 독립군이 건너오다
일본군 총성에
얼음짱 갈라지는
그 화면에 눌려 있다

시 구절에
'두만강을 찾아 한번 목 놓아 울고 나서
흰 머리 날리며
씽씽 썰매를 타련다'

아, 그러기엔 너무 세어버린 머리카락
파이프 담배 연기가
가는 썰매 길을 낸다.

* 두만강 : 시인의 대표 시.

비보이 꿈 이루지 못하고

그의 눈빛은 너무 빛났어
그 빛이 방사하면
팽이가 되었어

얼음판 위 팽이는
채로 쳐 돌리지만
무대 위 팽이는
천공을 향한 날갯짓이었어

깃털이 빠져나가도록
몸부림쳤지만
끝내 바람을 뚫지 못했어

달려오는 경적 소리에
기억은 날아가 버리고
푸른 심장에 똑똑
구멍을 내고 있어.

한식(寒食)

그리움의 숱은 자꾸 빠져나가
숭숭해지네

꽃잎 떨어지고
무늬는 흐려지고
아쉬움만 울렁증으로 남았네

지워진 자리에
추억 한 자락 그려 넣고
색칠하다
훈훈한 체취 뜨고 있네
온종일 몸에 물들이네.

3부 그녀의 숲

3부 그녀의 숲

철쭉꽃 속이 보이네

단단한 어둠 속에서
오래 닫혀 있는
너의 방을 보고 싶다 했더니
다음날 살짝 열어놓았지

수수하게 꾸며진 방엔
달디단 향들이 소근대고
하늘이 달아준 열한 개의 등에 눈이 부셨지

빛은 먼 곳
서부동 마을 파릇한 풀들을
일으켜 세우고
아직 마르지 않은 추억 몇 송이 비추고 있었지

풀어헤칠 수 없는
가슴 깊이 묻어둔 그리움
몇 날을 찰랑거렸지.

아버지

여덟 살 앞마당엔
작은 우물이 있었습니다
우물에는
아버지 등에 업힌 내 유년의 웃음이
언제나 깔깔거리며 찰랑였습니다

눈비와 햇살
안개와 바람에 섞이어 돌다
여문 쉰 살쯤
우물 속을 들여다보았습니다

점점 투명해지는 우물 안에
어진 눈, 하얀 수염이 어리어
내 눈썹 아래 주름살을
한참 올려다봅니다
급히 두레박에 담아 들어 올리니
파란 하늘이었습니다.

머풀러가 휘날린다

52

허리에 팔을 감고 달리던
은빛 자전거
머플러가 휘날린다

그 길에
아그배나무와 바람소리
어두운 구름 표정까지
자라는 그리움

그리움이 쌓여 굳어지면
한 덩이 돌이 되어
눌리어 살다
전설처럼 멀어질

아, 체인처럼 돌다간 사람.

그 길 위에

53

긴 싸리 밭길
쑥국새는 떠나가고
가지엔 침묵만 걸려 있네요

그날의 패랭이꽃이 피었어요
그리움이 서리어
꽃잎에 방울방울 매달렸어요

그 길 위에
떠돌던 온갖 빛깔들이
패랭이꽃에 내려와
바스락대고 있네요.

아픔

바람 속에 서 있는 순이
그 바람
내 살 속에서 서걱이는구나

네 나이에 눈을 맞추면 길게 술렁이는 소리
겨드랑이에 품고
깊도록 얼얼하였어
허공을 서성대는 불면이
몸속을 돌아다녔지

젊은 산 둘레를 둘러보면
바람은
된소리 몰아다 놓기도 하나
산하에 꽃망울을 터트려 놓기도 하였어

변방에서 서성이는 순이
바람은
세월 속에서 나부끼다 해가 지더구나.

시(詩)에게

숨이
멀어져 가는 반딧불처럼 가물대도
둘이서 반짝이자고 했지

몸 안에서 키우던 고운 날개
따뜻한 바람
숱 많던 가락들은
세월의 주름 속에서 어눌해지네

바람에 나뭇잎 색깔은 변했어도
아직 낙엽은 아니라고
느티나무 매미가 귀를 찌르네
"힘 내세요 히—이임"
벗나무 매미도 따라서
찌르르—찌르륵
아카시나무에 매미도
짜르르—짜르륵.

어느 입양인

깊이 묻어두었던
고향에 돌아왔지

볕을 가리는
낯선 눈빛
낯선 체취

볕은 구름에 가려
부스러졌지

포대기에 싸인 어둠의 이력을
풀어 보지 못하고

타는 그리움에
마음만 데어
다시 해바라기로 살아가야 할
긴 머리 처녀.

초리골 카페에서

찻잔 속에 체리
두 알이 떴다
'새야' *와 '담배먹고 맴맴' *
공회당 안 박수 소리가 뜬다

두 얼굴이 포개지면서
달려 나오는 색색깔의 풍선이 뜬다

초리골 까페에서
밤 깊도록
유년 속에서 떠돈다.

* '새야' 는 소녀의 노래.
* '담배 먹고 맴맴' 은 소년의 노래.

그녀의 숲

그녀는 오래도록 나무를 키우며 삽니다
햇볕을 다듬고
비를 기원하며
달빛을 모아줍니다

곧고 잘 생긴 나무는
서까래 기둥으로 쓰고
휘고 못 생긴 나무는
고목으로 남아 숲을 키웁니다

풀과 덤불에까지
푸르게 하는 것은
햇볕의 넉넉함이 스며들기 때문입니다

그녀는 가슴에 나무를 키우며 삽니다.

시 감상

언어의 몸을 더듬는다

붉은 등불 아래
향내 그윽한 목덜미가 부시다
꽃잎을 헤집고 깊이 들어가
꿈틀거리다
시선이 머무는 비밀 속에서
단내를 뿜는다.

소나무가 말하다

사나운 비바람에 등이 휘어지고
살갗이 터져도
단단한 침묵으로 버티는 것은
푸른 꿈을 그려 넣기 위함이지요

언제부턴가
산 골짜기에서 톱질 소리 들리고
굴착기에 몸통이 뽑혀져 나가는 것이 보여요
아카시나무와 활엽수도
우릴 밀어내고 있어요

이승의 시름이 하늘에 닿아도
언 손 불어가며
푸른 꿈 그려 넣을 거예요.

흰 머리

검은 머리는
오래도록 윤기가 흘렀습니다

총기를 잃으면서
꿈 한 가닥씩 빠져나가고
돌아갈 수 없는 길에서
떠 밀려나온 낯선
하얀 인연을 만났습니다.

긴 손톱

묵은 일기장 속에서
한 여인이
빨간 입술을 내민다

그 입술을 긁는다
피 나도록 긁는다
비릿한 냄새

눈과 귀 흐려졌어도
빨간 매니큐어 칠한 긴 손톱은
주름 속에서 아직도 자라고 있다.

거꾸로 보인다

머리가 무거우면
거꾸로 선다

내 안에 달라붙어
떨어지지 않는 단단한 껍데기
떼려고 손에 힘을 주면
더 달라붙는 껍데기의 발이
고양이 발톱 같다
예리한 발톱을 세우고
거꾸로 달라붙었다

시간이 깊어지니
거꾸로 달라붙는 것도 알게 되고
왜 발톱이 예리한 줄도 알게 되었다

머리가 무거우면 거꾸로 보인다.

어느 노 시인의 독백

문을 걸어 잠그셨나요?
두드려도 열리지 않아
물구나무 서 보지만
태양은 구름에 숨어버리고
조급증은 안으로 안으로 타 들어가고 있어요

문을 열어주세요
불을 켜주세요
어둠 속에서 고뇌하던 언어들
따뜻한 체온으로 데워
붉은 꽃을 피우고 싶어요

시간은 서산에 올라 깊어 가는데.

별리(別離)

노을 속에 몸을 섞던 날까지
그는 군인의 삶을 살았어요
녹슬지 않는
계급장을 걸어두고 닦으며 광을 냈어요

몸 안 신경줄 마디마디에
멍이 들자
뜰 안 고욤나무 발등에 쌓인 잎들이
젖기 시작했어요
눈물 냄새를 뿜어대자
수만 가지들이 절레절레 흔들렸어요

느릅나무 껍질처럼 거친 숨소리
한 가닥 걸어놓고
덜그덕 거리던 딸에게
울컥 눈물을 드러내 보였어요

한겨울도 없을 그곳으로
바람이
데리고 날아올랐어요.

4부 인물화상경

닭
─을유년 아침

첫 새벽
동녘 하늘에
볏이 솟아오른다

오랫동안 닫혔던 문이 활짝 열리며
을유년 불을 당긴다

긴 터널을 빠져나와
집집마다 묵은 거미줄을 걷어내고
쇠진한 삶을 일으켜 세우리라

발자국을 남기며
꼿꼿한 다리는 달음질도 잘하고
새벽이면 어김없이 빗장을 열어놓는다

다산으로 몸은 고되어도
볏은 더 빨갛게 익어
일러둘 말이 어찌 그리도 많은지
─구구구구 구구구구.

금강산 記

반평생 묻어둔 징검돌을 건넜습니다
길가엔
민들레만 지천으로 피어 있어요

손바닥에 그려 넣은
어린 날은 땀에 지워지고
강물에 비치는 산 둘레는
고향바람이 불어와 흔듭니다

강물은
"우리는 한 물길이야…"
잔잔히 일러주며 뒤섞입니다

이박 삼일
돌아오는 날
바싹 마른 망초꽃들은
자꾸 따라오다
와악 울어버립니다.

인물화상경

스타하치망 신사
작은 뒤주 안에서
무령왕의 빛이 새어 나온다

둥근 얼굴에
짙은 눈썹
잘 다듬어진 긴 수염

청동거울 속엔
동생*에 대한 그리움이 새겨져 어른거린다

변방의 작은 뒤주 안에서
돌아 나오지 못하고
역사 속에서 설화처럼
늙어가고 있다.

*동생 : 왜의 계체 왕.

큰 바람

―유적발굴 현장

천오백 년 묻힌 빛과 어둠의 몸짓들이
고개를 든다

화석으로 검게 변한 숨결
널어놓은 그 상한 지문들을
바람이 말리고 있다

망각의 토막들이 널려 있는
절터
역사의 바퀴 소리는
안개 속을 헤치며 따라 나오고

바람은
풀과 나무와 숲을 흔들며
머리 센 장인의 혼백을 일으켜 세운다.

11시 콘서트에서

비발디의 가을 속으로 들어간다

현 위에 앉은 화창한 계절을
긁어대자
풍경들이 달려 나온다
잘 익은 단풍이 바람에 몸 부벼대고
황금빛 들판이 경중경중 지나가자
계곡 물소리가 칙칙한 가슴을 씻어 내린다

선율 속으로 스며들던 내 육신의
맑은 피가
빠르게 빠르게 돌고 있다.

피아노 연주

둥근 달을 밟고 나오는 연주자는
쪽빛으로 물들이고
의자에 앉자 두 손은
건반 위에서 파도를 탄다

가물대던 물결이
세찬 파도로 달려와
가슴에서 출렁댈 때
묻혀 있던 젊은날의 그리움이
판당고* 리듬에 감겼다 풀렸다 한다

선율을 타는 몸짓이
내 물길을 일으킨다

저음에 잠겨
못다 부른 그리운 노래
왜 다시 풀리어
또 일으키는가.

*판당고 : 활발하고 야성적인 스페인의 무곡.

어느 동창 이야기

그녀는 바다 건너에서
푸른 숲을 키우며 살고 있었다
숲은 아름드리 살이 올랐고
한세월 파도 소리는 들리지 않았다

몇 해 전
쾌속정보다 빠른
큰 물살이 거품을 일으키며 들이쳤다
십 년이나 아래와 재혼하고
새 세상을 열었다고
큰 북을 쳐댔다

북소리 장단에
목청을 늘리는 진한
말 말 말
오래오래 졸아들지 않는다.

아침마다 걷는 운동을 한다

벚꽃은 졌어도
포플러나무 아그배나무는
신록의 품이 훤칠하다

중동에서 달러 벌어 들이던
노익장 K씨와 경쟁 없는 보폭으로 걷는다
거품에 잠긴 경제에다
입술을 풀고
막가는 정치꾼들을 밟으며 걷다 보면
심장 박동 소리가 뻘겋게 달아오른다
몇 절의 시국을 돌면
삼천보다

심호흡으로 열을 식히고
만개한 푸르름 들이 마시면
뿌옇던 가슴속이 확 씻기어 나간다.

추억의 팝

하루의 피곤이 붐비는
전동차 안에
여인의 목소리가 졸음을 헤친다
"여러분 추억의 팝스 중에 몇 곡을 들려 드리겠습니다"

패티페이지의 체인징 파트너가
목 안에서 돌다나가고
아이 웬 투 유어 웨이딩이 흘러나오자
그날의 빗소리에 젖는다

떠나간 빈자리에
그리움 잉태되어
밤하늘에 만월로 키워
잡힐 듯 말 듯한 여운을 느끼며 살았음이라

구름 깃에 덮혀
뿌연 그늘만 늘려놓고

그날의 빗소리에 하루가 젖는다.

귀고리에 대한 명상

어머니 귀 빼닮은 내 귀뿌리에
매미 한 마리씩 달라붙었다

저 너머에서 건너오는 매미 소리

치맛자락에 매달려 짜드락거리다
툇마루에 앉은 햇살 안고
잠들던 아이

그날의 꿈 부스러기들이
고속으로 돌아가는 분쇄기에서
고소한 가루를 내린다

내 눈 빼닮은 속눈썹이 긴 아이
짜드락거릴 때면
뺨 비벼 마음을 달래주었다만
지금은 무엇으로 달래줄거나.

선이골 오 남매

강원도 화천군 선이골 오 남매는
풀 내음과
골짜기 물에 맑게 씻기어
쑥쑥 자란다
산새들도 노래로 거든다

이곳엔
도시 아이들처럼
학원에 찌들지도 않고
비만한 아이들과는 먼 촌수
도시 바람은 차마 스쳐가질 못한다

머루 다래 여무는 밤
꿈속까지 따라온 동화는
푸른 별빛을 따다 걸어놓고
반짝반짝한다.

갈등 1

힘 겨루다 켜진 빨간 신호등
그 빛에 데여
아린 가슴
돌 쪼듯 쪼는 입술에
살이 패인다

눈길이 부딪치면
팽팽히
돌아가는 바람개비.

갈등 2

맵디매운 말
오디빛으로 물든
입 언저리

지나는 바람이
는개를 걷어
몇 날째 맑은 날이지만
먹구름이 언제 비를 몰고올 지는 모를 일

부싯돌로도 불씨를 키울 수 있으니까.

그 여자

옆동 101호에 사는 여자
샤넬 향기 날려 보내는
요염한 눈빛 속에
붉은 혀가 널름거린다
거짓 사랑이
불꽃으로 타오를 때
팽팽한 화살이 날아와
퍼펙트 렌즈를 쪼개버린다.

치매

줄 늘어진 기타 소리처럼
팅 팅
불협화음이다
한 음씩 내려갈 때마다
눈빛은 촛점을 잃어가고
줄 끊어진 넋은 땅으로 꺼져버린다

지나간 날의 쿰쿰한 바닥을 자꾸만 긁는다
손톱이 닳도록.

순이

풀물이 들도록
맨발로 고무줄 놀이하던 순이
감았다 풀었다
기억을 당겨 보면
어린 날의 풀벌레들이 날아다닌다
순이
맑은 날이었을 때나
갑자기 쏟아지는 소나기에
세상 모서리는 깎이어
둥글어졌을 테지

너와 내가 눈빛은 순해지고
걷어올렸던 소매 내렸어도
지금도 자라고 있는 유년의 꽃밭에
물을 주고 있지.

꽃보다 그윽한 삶의 향기

이 채 민(시인)

옛날 공자는 예(禮)가 아니면 보지 말고, 듣지 말고, 말하지 말며, 움직이지 말라고 했다. 예란 인간이 갖추어야 할 기본적 도리요, 올바른 질서를 만들어가는 첫 번째 기준이 되기 때문이다. 덧붙여서 옛 선인들은 으뜸가는 여자가 되기 위해서는 네 가지 씨를 갖추어야 한다고 했다. 그것은 마음씨, 말씨, 솜씨, 맵씨다. 이 네 가지 씨 중에서도 으뜸으로 마음씨를 뽑았다. 관용과 사랑을 베풀 줄 아는 너그러운 마음씨를 갖춘 인격의 소유자를 만났을 때 우리는 훈훈한 가슴으로 그 사람을 품게 된다. 거기에 친절과 품위 있는 말씨까지 겸비한 사람이라면 우리는 그런 사람을 아는 것만으로도 행운이라고 여길 것이다.

이렇게 말하고 보니 윤춘영 시인을 알고 있는 필자는 행운을 가진 사람이라 여겨진다. 누구에게나 친절하며 따뜻하고 너그러움이 느껴지는 윤 시인의 마음씨와, 아랫사람에게도 예를 갖춘 품격 있는 말씨는 듣는 이에게 언제나 작은 감동과 깨달음을 주기 때문이다.

사람의 크기는 그 사람이 지닌 사랑의 크기와 정비례한다. 상대를 대접하고 아끼는 말이 점점 줄어드는 요즘의 세태 속에서 윤 시인과 대화를 주고받다 보면 상대를 배려하는 시인의 높은 인격과 품위를 금방 알 수 있게 된다. 또한 만남 그 자체만으로도 유쾌하고 행복한 시간을 공유하게 된다.

또 하나, 윤 시인은 생리적 나이와 상관없이 젊고 순수하다. 꿈을 향해 도전하는 부지런함이 있다. 칠순의 나이에도 시에 대한 열정 또한 뜨겁다. 등단을 하고 첫 시집을 내고 수년째, 젊은 후배들보다 더 열심히 시 공부에 매진하고 있을 뿐만 아니라 일주일에 3회 피아노 레슨을 받으며 클래식 감상을 하기 위해 일주일에 한 번씩 왕복 4시간의 공을 들인다. 지적 자산을 늘려가고 그 자산에 충만하여 자신을 다듬어 가는 행복한 모습이 아름답고 경이롭다는 생각을 필자는 여러 번 했다. 이렇듯 젊은 후배들의 귀감이 되는 삶을 사는 윤 시인을 누가 노인이라 하겠는가!

그 남다른 열정과 노력으로 살아가는 윤 시인이 이번에 두 번째 시집을 상재하게 되었다. 그 열정이 빚어낸, 연륜만큼이나 잘 익은 시어들의 면면을 살펴보는 안내자 역할을 잘 해낼 수 있을지 걱정이 앞선다.

비발디의 가을 속으로 들어간다

현 위에 앉은 화창한 계절을

긁어대자
풍경들이 달려 나온다
잘 익은 단풍이 바람에 몸 부벼대고
황금빛 들판이 경중경중 지나가자
계곡 물소리가 칙칙한 가슴을 씻어 내린다

선율 속으로 스며들던 내 육신의
맑은 피가
빠르게 빠르게 돌고 있다.
―「11시 콘서트에서」 전문

시에서 느껴지는 이미지가 밝고 활력이 넘친다. 앞서 언급했듯이 시인의 내면이 나이를 뛰어넘은 순수함과 젊은 의식으로 넘쳐나기 때문이다.

칸트는 행복을 원하는 것도 좋지만 행복을 누리기에 합당한 사람, 행복을 누릴만한 자격이 있는 인간이 되어야 한다고 강조했다.

시인은 이미 이 말을 알고 있었을까? 비발디의 가을 속으로 깊이 빨려 들어가는 시인의 행복한 모습을 따라가 보자.

'현 위에 앉은 화창한 계절을/긁어대자/풍경들이 달려 나온다' 객석에서 귀로 듣는 음악, 그 자체로 그치지 않고 현에서 튕겨져 나온 '잘 익은 단풍'을 바람에 날려 보고, 아름다운 선율을 따라 황금의 들판을 경중거리는 시인의 인생은 무한한 행복을 누리는, 잘 짜여진 운명과 노력의 두 악보로 이루어진 심포니와 같다.

'잘 익은 단풍이 바람에 몸 부벼대고/황금빛 들판이 경중경중 지나가자/계곡 물소리가 칙칙한 가슴을 씻어 내린다' 질곡

의 삶을 씻어낸 행복과 행복을 쟁취한 승자의 여유가 행간마다
스며 있다. 몇 번의 음악회를 함께 간 적이 있다. 연주가 끝났
을 때나 아름다운 선율에 매료되었을 때, 거침없이 브라보를
외치던 시인의 모습을 기억한다. 그때마다 윤 시인에게서는 정
신적으로 충만한 안정의 여백을 찾아볼 수 있었다.
　바람이 나뭇잎을 흔드는 일상적인 시각에서, 단풍이 바람에
몸을 비벼대는 것을 바라보는 시각도 새롭다.

　하얀 가락이
　이마 섶에서 자랍니다

　가름 길을 따라
　살포시 얹혀 있던 정수리에
　쏴― 숲을 이룹니다

　새소리 시냇물소리
　안개 바람을 주워 악보에 올려놓고
　불을 켭니다

　1악장 알레그로 모데라토
　제1바이올린 선율이 곱게 타오르고
　호른의 쉰 소리 부―웅 뜨자
　큰북이 호령 칩니다

　어머니
　저는 백발에 지휘봉을 잡았습니다.
　―「교향곡 제1번 D장조」 전문

　윤춘영 시인의 시들은 읽는 독자에게 해독의 어려움을 주지

않는다. 일상적이고 평범한 시어들을 선택하여 시를 읽는 독자에게 정서적인 울림을 준다는 가장 평범한 진리에 충실하고 있다.

이 시를 읽으면 숲속의 작은 오케스트라 연주에 초대받은 느낌이 든다. 비록 오솔길이지만 새소리 물소리 바람소리를 지휘하는 시인의 정신적 충만과 희열의 감각이 표출되어 있다. '어머니/저는 백발에 지휘봉을 잡았습니다' 와 같은 구절에서는 시인의 시적 에너지와 테크닉이 돋보이며 시인 스스로 존재의 의미를 부각시킨 절창으로 다가온다.

시와 시인의 관계는 언어적인 관계요 그 언어가 시인에게 몰려오는 상념의 영역은 시인의 감성에 의존한다. 어머니를 부르며 '백발에 지휘봉을 잡았다' 고 고백하는 시인의 정갈한 감성은 꿈을 향해 전진하는 마음의 정좌인 듯하다.

시의 세계에 안착하고픈 내면을 잘 엿볼 수 있는 다음 시를 읽어 보자.

문을 걸어 잠그셨나요?
두드려도 열리지 않아
물구나무 서 보지만
태양은 구름에 숨어버리고
조급증은 안으로 안으로 타 들어가고 있어요

문을 열어주세요
불을 켜주세요
어둠 속에서 고뇌하던 언어들
따뜻한 체온으로 데워
붉은 꽃을 피우고 싶어요

시간은 서산에 올라 깊어 가는데.
―「어느 노 시인의 독백」 전문

시의 생명을 구석구석 터치하면서도 쉽게 잡히지 않는 시어
와 씨름하는 자신의 모습을 그리고 있다. 서산으로 기울어 가
는 남은 시간을 아쉬워하며 잡힐 듯 잡히지 않는 안타까움에
마침내 '물구나무'를 서서 시간의 껍질을 벗겨내기에 이른다.

'어둠 속에서 고뇌하던 언어들'과 같은 한 소절의 절창을
찾아내기 위해 몸부림치는 시인의 정열은 과연 어디까지 흘러
갈까?

'따뜻한 체온으로 데워/붉은 꽃을 피우고 싶어요'에서 보듯
군더더기 없이 뜨겁게 분출하는 시에 대한 지극한 동경과 노
시인의 열정에 박수를 보내지 않을 수가 없다. 뜨는 해가 힘이
있어 보이지만 지는 노을이 얼마나 아름다운가! 기울어 가는
시간을 아쉬워하며 '따뜻한 체온으로' '꽃을 피우고 싶다'는
시인에게서 은은한 향내가 풍겨 나옴을 느낀다.

한 작품의 의미를 되새기며 그 작품의 다의성을 검토하는 것
은 분명히 시가 주는 즐거움의 하나다. 그 예시를 보자.

언어의 몸을 더듬는다

붉은 등불 아래
향내 그윽한 목덜미가 부시다
꽃잎을 헤집고 깊이 들어가
꿈틀거리다
시선이 머무는 비밀 속에서
단내를 뿜는다.
―「시 감상」 전문

시인이란, 언어와의 사랑놀이를 평생토록 지속하는 사람이
다. 이런 의미에서 윤춘영은 분명 좋은 시인이다. 지금, 시라는
애인을 만들어놓고 달콤한 사랑놀이에 빠져 있기 때문이다. 그
것도 매우 에로틱한 사랑에 빠져 있다. 언어의 꽃잎을 헤집고
다니면서 신령스럽고 기묘한 단내를 뿜어내는 '시 감상', 깊고
영속적인 행복과 신비한 사랑의 힘이 어우러져 있음을 느낀다.
시를 다듬고 완성해 가는 단계를 남녀가 나누는 사랑의 행위로
묘사하고 있는 시인의 상상력이 이쯤 되면, 생리적 나이를 뛰
어넘은 정신의 재생이 얼마나 큰 축복이며 가치가 있는지 독자
는 경험하게 된다.

'꽃잎을 헤집고 깊이 들어가/꿈틀거리다/시선이 머무는 비
밀 속에서/단내를 뿜는다'의 행간마다 스며 있는 性愛를 찾아
낸 독자는 행복하다. 시의 매력이 모호성에 있다는 것도 인정
하지만 상상력의 뿌리가 우선인 것을 우리는 이 짧은 시를 통
해 알 수가 있다.

능동적이고 부지런한 윤 시인의 시 세계는 다양하다. 그 다양
함 속에 내재된 시인의 또 다른, 그리움의 정서들을 살펴보자.

오래된 반짇고리엔
색 바랜 골무가 들어 있다

바늘에 수없이 찔린
바싹 마른 몸피
골다공증이 되어버린 속은
또, 얼마나 상했을까

검지에 끼워 본다

돋보기 쓴 어머니가 보인다

등잔불 밑에서
등 시린 삶을 한 땀 한 땀 이어가다
상한 살점
세상 구멍을 꿰매고 터진 부분을 꿰매다
박힌 아픔

그리움이 돈다
돌다 눈가에 젖는다.
―「골무」 전문

시간 시간 중압으로
허리는 휘어지고
뼈 통증은 번져 가는데

뿌리까지 내린 침묵
산 넘고 강 건너
까칠한 칠순의 가슴속에서
그리움은 삭지도 아니하고
―「북녘 고향의 피사체」 부분

그리움의 발원인 어머니는 예나 지금이나 시의 원류요 모태가 된다. 「골무」, 「북녘 고향의 피사체」 두 시는 과거와 현재를 축으로 삼아 회귀하는 순환의 구조를 그려내고 있다. 색이 바랜 골무에서 발원된 모성에 대한 그리움은 바싹 마른 골무의 몸피에서 골다공증으로 가벼워진 어머니를 연상케 하고, 등잔불 밑에서 '등 시린 삶을 한 땀 한 땀' 기워가는, 다소 허무적인 상념으로 잦아들게 한다. 그 상념과 추상들은 다시 시적 감성을 불러일으키며 또 다른 환상의 밀어로 순환한다.

'등 시린 삶을 한 땀 한 땀 이어가다/상한 살점/세상 구멍을 꿰매고 터진 부분을 꿰매다/박힌 아픔'「골무」, '까칠한 칠순의 가슴속에서/그리움은 삭지도 아니하고'「북녘 고향의 피사체」 이렇듯, 허무적 상념은 내재된 아픔의 기억에서 끊임없이 맴돌다 커다란 감각으로 표출되어 편 편의 시로 완성된다.

여덟 살 앞마당엔
작은 우물이 있었습니다
우물에는
아버지 등에 업힌 내 유년의 웃음이
언제나 깔깔거리며 찰랑였습니다

―중 략―

점점 투명해지는 우물 안에
어진 눈, 하얀 수염이 어리어
내 눈썹 아래 주름살을
한참 올려다봅니다
급히 두레박에 담아 올리니
파란 하늘이었습니다.
―「아버지」 부분

쉬운 시가 반드시 좋은 시라고 말할 수는 없지만, 이해하기 힘들어야만 좋은 시는 더욱 아니다. 앞에서도 언급했지만 누구나 쉽게 시에 다가갈 수 있는 일상적이고 평범한 시어와 이미지를 통해 시인의 시 정신이 독자에게 전달되고, 시인의 기억 속에 내재되어 있는 환희와 아픔 등이 배어 있는 그리움을 독자가 함께 공유할 수 있다면, 그래서 그들 정서의 바다에 작은 감동의 파도가 몰아칠 수 있다면, 시인은 시인으로서의 임무에 충실했다는 평가를 받게 될 것이다.

옹이로 박혀 있는 그리움을 시로써 풀어내는 것은 분명 시인으로서 은혜로운 일이다. 그 깊고 고독한 삶의 비늘들이 반짝이는 별이 되기까지 시인의 고뇌와 번민 또한 깊고 무거웠으리라. 두레박에 담아 올린 파란 하늘에서 아버지의 모습을 건져 올릴 수 있는 것도 시인만의 무한한 상상력이 있었기에 가능한 것이다.

'여덟 살 앞마당엔/작은 우물이 있었습니다' … '아버지 등에 업힌 내 유년의 웃음이/언제나 깔깔거리며 찰랑였습니다'에서 보듯 우리가 망각 속에 집어넣고 있는 고향 역시 언제나 시의 모태가 된다. 윤 시인에게도 그 고향은 언제나 깔깔거리는 성장과 찰랑대는 감각으로 살아 있다. 육신은 비록 늙어가지만, 아버지의 등에 업힌 유년의 웃음은 지금도 성장을 멈추지 않고 허무의 세계를 뛰어넘어 시라는 매체로 새롭게 탄생되어 독자의 가슴에 녹아내리고 있다.

이렇듯, 독자의 가슴에 스며드는 또 다른 시편을 감상해 보자.

가슴속, 켜켜 쌓인 마른잎을 헤적이는 바람은
언제나 시리고 무겁다

기억조차 끌어내기 힘든 그날
포연 속으로 사라진 오래비는
반세기를 넘긴 지금,
까맣게 그을린 사진 한 장으로 돌아와
동작동 현충원 위패 봉안관
무거운 정적에 둘려 있다

52—6—260 윤백영

깊게 패인 세월의 주름을
어루더듬을 때마다
푸른 숨결로 달려 나오는
언제나, 스물두 살 오래비.
―「언제나 스물두 살 오래비」 전문

반세기를 넘긴 전쟁의 상흔과 상실감을 시인은 담담하게 회상하고 있다. 슬프다거나 허무하다는 말은 하지 않았지만 '포연 속으로 사라진 오래비'를 그리워하고 추모하는 마음에서 한 걸음 더 나아가 '까맣게 그을린' 生의 허무와 '사진 한 장으로 돌아와' 존재의 유한함을 잔잔하고 나지막한 어조로 그리고 있다.

'동작동 현충원 위패 봉안관/무거운 정적에 둘려 있다/52—6—260 윤백영'에서는 억누르고 있는 슬픔이 보인다. 드러나지 않는 슬픔이 더 슬프고 애잔하다고 하지 않았던가. 포연 속으로 사라진 것은 오라비뿐만이 아니라, 시인의 꿈과 사랑과 희망도 함께 사라졌을 것이다. 연기처럼 사라져버리고 잃어버린 그 많은 아픔의 기억들을 훗날, 시로써 승화시킨 시인의 내면과 이력이 한층 아름답게 느껴진다.

'세월의 주름을/어루더듬을 때마다/푸른 숨결로 달려 나오는/언제나, 스물두 살 오래비'에서 추모지정은 극에 달한다.

사람이 죽어 관에 들어갈 때 관 뚜껑에 '학생아무의 관(學生府君神位)'라고 쓰는 우리의 관습이 있다. 나이가 들어가면서 그 말이 참 마음에 든다. 생전의 어떤 수식어보다 죽어서까지 학생으로 남는 것이 푸근하고 안심이 되기 때문이다.

이 말에 비춰 볼 때, 이미 반세기 전에 저 너머의 세상으로 떠난 시인의 오라비 역시 언제나 젊음을 간직한 학생처럼, 푸르고 청청한 모습으로 시인의 가슴속에 살아 있음을 독자는 알게 된다.

삶이란 비관적인 인식을 뛰어넘고 소멸하는 것들을 넘어서면서 진정한 가치로 빛을 낸다는 것을 우리는 시인의 맑은 영혼과 시안을 통해 얻을 수가 있는 것이다.

자신 스스로의 삶에게도 예를 갖추고 흐트러진 모습을 보이지 않는 시인의 고매한 삶에 옷깃을 여미며 마지막 아름다운 시편을 따라가 보자.

주님!
기억의 갈피마다
봄여름 나태에 젖어 찾아다니던 물소리
그 소리, 술렁이나이다

비탈길 오를 때
주의 지팡이는 내려놓고
세상 막대기에 의지하다
걸리고 넘어진 부끄러움이
티눈처럼 박혀 아프나이다
또한 교만의 씨줄과 이기(利己)의 날줄로 짠 옷을 입고
으쓱거렸나이다

주님!
지난날 기숙했던 속된 꿈들
이제야 주님의 빛으로 말리고 있사오니

아무것도 채우지 못한 나의 빈 잔에
성령과 사랑을 채워주소서.
―「들으소서」 전문

　지나간 삶의 갈피에서 새어나오는 시인의 간절한 고백과 참
회의 기도시는 시인 자신이 영혼을 풀어서 그려놓은 한 폭의
그림과 같다. 나태로 얼룩진 과거를 회상하며 진실로 참회하는
모습에서 출렁이는 눈물이 보이고 숭고함이 보인다.
　사라지고 죽어가는 모든 것들은 시인의 시안을 통해 살아나
고 회귀한다. 사람이든 꽃이든, 사랑이든 미움이든 왔다가 제
자리로 돌아가는 풍경은 아름답다.
　가진 것, 가시적인 것 조금씩 조금씩 내려놓고 덜어가면서,
믿음과 사랑을 간직하며 남은 생을 조율하는, '지난날 기숙했
던 속된 꿈들/이제야 주님의 빛으로 말리고 있사오니'에서 시
인의 욕심 없는 고백, 맑고 고매한 인품을 다시 한 번 느낄 수
가 있다. 남을 배려하는 따뜻함과 배움의 열정이 아직도 뜨겁
게 타오르는, 그래서 꽃보다 그윽한 향기가 우러나는 삶을 가
꾸어가는 윤춘영 시인이 오래도록 건승하시기를 기원하며 두
번째 시집 『그녀의 숲』 상재를 진심으로 축하드린다.